구정혜 시집

아무 일 없는 날

구정혜 시집

아무 일 없는 날

초판 1쇄 발행 2015년 8월 11일

지은이 구정혜
펴낸이 강정규
펴낸곳 시와동화

등록번호 제300-2012-128호
등록일자 2012년 6월 21일

경기도 부천시 소사구 성주로 86-4 현대아파트 104동 402호
편집부 032) 668-8521, 팩시밀리 032)667-9521
이메일 kangjk41@hanmail.net

ISBN 978-89-98378-11-0 03810

값은 뒤표지에 있습니다.

구정혜 시집

아무 일 없는 날

시와 동화

시인의 말

오래도록 시 곁을 떠나지 못하였습니다.
때로는 손을 놓아 버릴까도 수없이 생각하였습니다.
참 많이 에둘러 왔습니다.
꼬불꼬불한 산길과
굽이굽이 흐르는 강이 그래서 더 아름다워 보입니다.
공부할 수 있도록 도움을 주신 분들,
격려 아끼지 않은 친구들,
가슴 따뜻한 남편과 가족들 두루두루 고맙습니다.
아무 일 없이 지나는 하루가 참 다행입니다.
평범한 이 행복은 모두 그대 덕분입니다.
이제 내 품에서 떠나보내려 합니다.
마치 아무 일 없는 듯이.

2015년 8월
푸른 마을에서 구정혜

차례

제1부

제2부

제3부

제4부

제1부

저녁놀

흰구름 속으로 비행기 한 대
미늘처럼 구름을 꿰차고 간다

몸통이 넓적하고 비늘이 가지런한
도미 한 마리가 걸려들었다
붉은 기운을 아가미로 흘리며
서서히 끌려 가고 있다

시를 쓰다가 훌쩍,
서산이나
태안 바닷가 어디쯤에서
짜릿한 손맛을 보겠다고
종일토록 쭈그리고 앉았던 시인
모처럼 월척을 한 모양이다

아마
우리의 생生도 저 속도로 흘러갈 거라고
무심히 생각을 놓아 버린 동안
마음껏 유영하던 드높은 바다에서

시 한 구절 건졌다

민달팽이1

시를 쓰겠다는 생각만 하다 사십 년
이렇다 할 시 한 편 쓰지 못하고
속앓이 하며 예까지 왔다

화분에서 기어나온 민달팽이
베란다 타일 바닥을 온몸으로 긴다
바쁠 것도
급할 것도 없어 보인다

가다 말고
사유하고 있는지
행갈이를 고민하는지
멈추었다

점액의 감성으로 쓰는
지나온 자국이 희미하다
해독할 수 없는 저,
사유의 시 한 줄

자동문

가까이 다가가면 저절로 문이 열리듯
마음도 그러했으면 싶다
언제라도 막힘없이
따뜻하게 맞이해 줄 센서 하나
가지고 싶다

들어서면 자동으로 문이 닫히듯
마음도 그러했으면 싶다
제 분수를 넘으면
저절로 문이 닫혀 단호하게 경계토록
스스로 절제할 줄 아는 그러한 센서 하나
꼭 소유하고 싶다

서운하거나 자존심 상하면
작은 일에도 사정없이
문을 닫아 버리는 나

내 안에 있으면서도
마음대로 할 수 없는 마음

언제쯤 자동문 하나 달아 볼까

해송

아프고 쓰린 기억이
밀물처럼 밀려와
발목을 적시고
슬픔이 가슴까지 차올라
길이 보이지 않아도
우리 함께 푸른 하늘을 보자

갈매기가 한 줄
소나무가 두어 줄
바람이 또 한 줄
허공에다 쓴 시를 읽으며

우리 그렇게 살아가자
상처받은 영혼이 아물 때까지

사람아
상처 많은 영혼과 이야기하자
파도가 모래 속을 파고들듯이
햇살이 물결 위에 편지를 쓰듯

상처가 단단히 아물고

새살이 새순같이 돋아나면

그저 아무 일 없었다는 듯이 그렇게

일하는 재미

주말 농사 삼 년
비 온 후면 고추가 탄저병에 시들시들
햇볕 쨍한 날에는 모종한 것들이
기운을 잃는다
그러다가 물조리개로 흠뻑 물을 주면
언제 그랬냐
삐쳤던 아이 헤헤거리듯 나를 반긴다

농약 안 뿌렸더니 옆밭에서 건너온 진딧물
지난해 김장 배추를
몽땅 버렸다

우리 삶도 어느 순간 한 번의 실수로
좌절하기도 하고
작은 기쁨 하나로 활력이 솟기도 한다

수확보다 일하는 재미가
도저히 말로는 설명이 안 된다
달팽이, 지렁이, 굼벵이가 가끔씩은 나를 놀래키지만

그들이 있기에 내 영혼의 밭도 날로 풍성해진다

목련

오래 입은 점퍼가 따숩지 않다며
밀쳐 두었다가
다시 주워 입는 남편 생각에
친구와 밥을 먹고
밥값을 내지 못했다

다운점퍼 가격에 놀라
슬며시 놓고 옷가게를 나오는데
남편의 정수리 휑한 곳으로 바람이
지나간다

집으로 향하는
길목에 선 목련 가지 끝에
꽃눈 벙글고 있다

내가 이런 사람이요

"고시원엘 가려면 어디로 가우?" 할머니 한 분이 1층 승강기 앞에서 묻는다.
"마침 저도 6층엘 가니 같이 가면 됩니다." 할머니 얼굴에 화색이 돌며 우리 아들이 고등학교를 수석 졸업하고 서울대 가랬더니, 신학대학을 나와서 목사가 되었는데 곧 데리러 온단다. 며느리는 부모가 교수인데 명문여대 대학원을 나와 아이들을 가르치고, 영감은 경찰을 하다가 폐병으로 할머니 스물다섯 살 때 먼저 저승으로 갔으며, 딸은 바지 만드는 일을 하는데 사위가 아프단다. 고속 승강기가 18부터 숫자를 하나씩 줄여 1층에서 입을 벌리는 동안 할머닌 말문이 트였나 보다.
목때 낀 블라우스에다 겹쳐 입은 조끼에 묻은 얼룩덜룩한 자국, 빗지 않은 머리카락, 헐렁한 몸빼바지에 양말도 신지 않은 낡은 슬리퍼 차림의 그의 손엔 주워 모은 폐지 한 뭉치가 어설프게 묶인 채 들려 있다.

목섬

사람이 살지 않는 섬
그곳에 닿을 이 없는데
어쩌자고
파도는 하루 두 번 모랫길을 내는가

한때는 푸르른 세상이 전부였던
이제 스스로의 생각에 갇힌 당신
일 년에 한두 번 찾아뵙기 힘들다

십 리 모래톱 끝에 서면
오래전에 떠난
당신, 추억처럼 두 팔 벌려
맞이해 줄까

차마 수평선엔 눈 맞추지 못하고
돌아서는데
그대 자꾸만 눈에 밟히는 이유
난 아직도 알지 못한다
하반신 마비되도록

하세월 목 빼고 기다리는 그 마음을

겨울 기도

신자와 불자들 모여
원대리 자작나무 숲
묵상의 기도를 한다

사람끼리 가족끼리
남과 북이 서로서로
어울려서 잘 살라고

석 달 열흘 눕지도 않고
무신불립의 기도를 한다

자신보다 상대가 훌륭하다고
서로가 서로에게 훌륭하다고

추기경이 대스님께 말씀하듯이
대스님이 추기경께 말씀하듯이

욕심을 덜어 내듯
가까운 곳에서 나뭇가지 하나

부러지는 소리 들린다

시밥을 찾아서

언어는 밥이다
자연이 도처에 키우는 것은
비단 생물이나 무생물뿐만은 아니다
그들을 통해 언어를 가꾸고 있는 것이다

그 언어를 수확하는 것이 시인이다
어느 것이 시어로 적당한 알곡인지
가려 내야 하는데
아직도 나는 청맹과니다

언어란 먹지 않아도 배부르다는 것을
남들이 쓴 시를 읽으며
우리말 사전을 뒤적이며
때론 쓰다 버린 한 줄 글을 음미하며
깨달아 가고 있다

허기진 영혼을 달래려
오늘도 밥을 찾아 걸인처럼
동냥하러 기웃거리며

언어의 골목으로 나선다

생일날 고봉 쌀밥을 먹듯이
시밥으로 영혼을 채울 때까지
끝없는 방랑은 계속될 것이다

모과꽃

진달래 벚꽃보다
더 곱다는 것을
사람들은 모른다

꽃을 피워도
'모과나무' 라고 부른다

소박하게 살아온 내가
예쁜 스카프를 두르고
새 옷을 입어도
남들이 눈치채지 못한다

스스로 제 상처 떼어 내는
모과나무 껍질처럼 매끄럽지 못하고
울퉁불퉁하게 살아온 날들 속에
화려한 것들은 내 몫이 아니었다

지난해 시월, 아들 결혼식 날
좀처럼 얼굴 보기 힘든 사람

멀리 이사 간 사람
잘 어울리지 않던 사람까지
한동안 소식 뜸한 사람들 모두 모였다

꽃이라 불리지 않아도
이만하면 됐다

뒷모습

한때는
회전의자에 앉아 미간에 주름 접히도록
꼿꼿하게 자존심 세워 가며
호령했다는, 경비원 아저씨

아침마다 길거리
낙엽을 쓸고 있다

제 몫의 시간을 살다가
물러날 때를 아는 듯이
조용히 내려앉은 잎새들
빨간 쓰레받기가 넙죽넙죽
받아 먹는다

지나간 자리
깨끗하다

연사흘 봄비

꽃 진 자리
채 아물지도 않았는데
어쩌자고 넌 이리도 보챌까

지붕을 두드리고
유리창에 매달리고
급기야 창문까지 흔들어 대니

꽃잎처럼 활짝
마음 열고 너를 사랑했지만
이제는 다시 열리지 않는 문
안으로 안으로 슬픔만 가득 채운다

며칠 후 다시 올 거라 했지만
빗장을 더욱 단단히 걸어야 하는 나는
아직 상처가 아물지 않은 탓이리라

내가 널 더 많이, 많이 사랑했다고
고집스레 내리는 너

산이 큰다

5월, 산이
매를 맞고 있다

가느다란 싸릿대 물회초리로
연신 두들겨 맞는다
점점 몸이 부풀어 오른다
퍼렇게 멍처럼 퍼진다

한나절 뒤 눈물 같은 비, 긋자
혼나던 아이 엄마 품에 와락 안기듯
성큼 내 품에 안긴다

산이 커졌다 덩달아
나도 한 뼘 더 큰다

전철 노선도의 꿈

태어나면서 마디가 생기고
커 갈수록 무릎이 꺾이었다

흔한 햇볕도 보기 힘든
평생을 쪽방에서 살아야 하는

나에게도 무지개보다 더 많은
색깔의 길이 있음을

어머니, 제 소원은

이어도 발끝에서
저 백두산 머리를 지날 만큼
기지개 한번 켜 보는 것입니다
언제 아팠냐는 듯이
허리 한 번 쭈—욱 펴 보는 것입니다

제2부

간설簡雪

평평한 너른 자리 놔 두고
하필이면 댓잎 위에 앉는가

건물 외벽에 매달려
유리창을 닦는 사내
줄 하나에 목숨을 걸었다
쳐다만 봐도 어찔아찔하다

댓잎 끝은 아래를 향하고
빙벽 등반하는 사람처럼
오금 저리도록
쌓인 눈이 간당간당하다

아무 일 없이 지나가는
하루가 참 다행스럽다

도배하다

십 년 넘어 빛 바랜
벽지 뜯어내고
자세히 보아야 보일 듯한 이중 무늬의
벽지를 바른다

아귀가 잘 맞는다고
생각했던 벽이
조금씩 비틀어져 있다

너와 나 사이에도
서로의 생각이 맞는 듯하지만
맞춰 보면 약간씩 어긋나 있어
정확하게 재단하여 풀칠해 붙여도
언제나 짧거나 길거나

위에서 아래로 빗자루로 쓸어 내려
벽과 벽지를 단단히 붙이고
무늬와 간격을 얼추 맞추듯
어긋나기 쉬운 생각들 맞추고 싶다

불가마 사우나

죽어서는
가장 가기 싫어할
불가마에
사람들이 빼곡하다

금생今生에 지은 죄가
저리 많을 줄 미처 몰랐구나

가을이기에

1

고목나무 위 까치집이
괜히 눈에 보이는 것은 아니다
나뭇가지에 남은 마른 잎 하나의 사연이 궁금해지는
길 가는 사람의 얇은 옷차림에 저절로 신경이 쓰이는
아, 목덜미에 느껴지는
가을이기에
가을이기에

2

수첩 속의 오래된 이름들을 짚어 보며
혼자 조용히 생각에 잠겼다가
아니지, 내가 먼저 말 속에 온기를 넣어
연락 닿지 않은 안부를 물어야

3

집 나간 자식 위해
따끈한 밥 한 그릇 묻어 두는 마음으로
공기밥처럼 남겨 둔 홍시 하나

언제 와서 먹을는지…… 내내 지켜봐야 하는
이제는 기다림에 익숙해져야 하는 나이
에어컨, 선풍기, 부채, 억지로 만들어 내던 바람까지도
지금은 자꾸만 싫어지는 그런,
그런 계절
가을이기에

슬픔 안에서

버스에 올라 자리에 앉는다
한때나마 따뜻했던
그의 가슴속 같다

멀거니 바깥 풍경을 바라보다가
창틀에 팔꿈치를 대고 턱을 괸다

좀처럼 울지 않을 것 같던 그이가
양 어깨 크게 흔들리더니, 덜커덩
소리 내어 운다

싸늘한 뺨 같은 유리창에
주체 못할 눈물이 마구잡이로 흘러내린다

가장 작은 몸집으로 웅크리고 있는 내가
너에게 그렇게도 큰 상처였는지
적막만을 가득 싣고 빗속을 달리는 버스
힘겨워한다

사람이 부처다

봐라, 신도림역 계단을 오르내리는
빽빽한 저 뒷모습에 부처 아닌 자 있으랴
제 한 몸 짊어지고
일상 속으로 꾸역꾸역 들어가는 사람들
새벽부터 밤까지 수없이 짓밟히고도
또 자신의 등을 내주는 계단을 밟고 오르면
숨가쁘게 전철이 들어오고
봉숭아 씨앗처럼 중생들 쏟아진다
발밑에서 구둣발 소리가 뭉쳐 몰린다
끝도 없이
계단을 오르내리는 사람의 물결
연꽃 아닌 자 있으랴
부처 아닌 자 있으랴
땀 흘리며 하루하루 수행하는 이들은
모두가 부처이다

태풍

개그 폭소 시간인가
나무가 배꼽을 잡고 웃는다
온몸을 흔들며 미친듯이 웃는다
잎이 떨어지는 줄도 모르고 웃는다
너무 웃어
눈물바람까지 흘리며 웃는다

허공과 나무
격정의 사랑이다
한때라도 누군가를 저렇게
사랑해 본 적이 있었던가

정신 없이 살았다
정신 드니 호시절 다 가고
혼과 얼이 빠진 얼굴이다
뒷모습이 씁쓸하다

황매화

위암 말기 판정을 받은
친구에게 병문안을 갔다

아산병원 본관 로비 안내 데스크
입원자 명단에 친구 이름이 없다
순간, 어디선가
쿵, 무너지는 소리가 들렸다

링거액 같은 황매화가
병원 언덕에 모닥모닥 피었다
하늘까지 노랗다

나의 농사

도시의 아파트에 사는 나는
내 몫의 전답은 한 뼘도 없는데
시월 중순이 지나면 가을걷이로 바쁘다

바닷가가 친정인 문우가 김장 하라며
새우젓 멸치젓 명란젓,
오라버니는 맛이나 보라며 애써 농사 지은
배와 고추, 양념을 골고루 보내 주고
멀리 강화로 이사 간 친구는 속 노란 고구마를,
농협 다니는 친구는 주말 농사로 지은 채소와 감자를,
그리고 상주에서 곶감 농사하는 후배는
단감이 잘 되었다며 거저 보내 준다

"네 집 장만하는 걸 보면 원이 없겠다" 던
시부모님은 저승에서도
마을 이장이 대신 짓는 농사 답으로
해마다 쌀을 두 가마니씩 보내신다

경비실과 집과의 거리는 불과 이십 보인데

요 작은 수고로 많은 것을 거둬들여
집안에 가을이 그득, 그득하다
아무리 생각해도 피땀 흘려 농사 지은 것들을
거저 먹을 만큼 한 게 없어서
잘 먹겠다는 말끝은 언제나 흐려진다

글 한 편 제대로 키우지 못하고
헛호미질만 연신 해대는
내 가슴밭의 농사는 언제쯤 풍년들까

바느질 하며

용접을 하다가
작업복에 구멍이 동동동동

용접이란 경계를 잇거나 구멍을 때우는 일인데
그러한 본분을 잠시 잊었는지
뒤로는 무수히 구멍을 내고 있다

이렇게 공기 구멍이 있어야 땀내도 덜 나고
양말도 구멍이 있어야 무좀이 생기지 않는다고
어설픈 너스레를 늘어놓는다
새벽부터 밤늦도록
식솔들의 목구멍을 메우기 위해
치열하게 살아온 남편의 하루가
구멍 속으로 빤히 보인다

곤히 잠든 남편 곁에 앉아
작업복 구멍을 정성껏 꿰맨다

살다 보면 이런저런 일들로 헐거워진

그대와 나 사이
매듭 없이 손질하고 싶다

눈 온 아침

무명 시인이 밤새 고민하고
고민하다 몸통 하나 남기고
아홉 줄 곁가지를 버리느라
배꽃 같은 언어들 폴폴폴폴
눈발로 날린다

문득, 눈 위에 붉은 잉크 같은
봉숭아 꽃물 들이고 싶다

쓰다만 미완성의 시 한 편을
햇살이 돋보기 치켜올리며
읽는다

금낭화

산길을 오르다가
등燈처럼 주머니를 종종종
매단 꽃을 보았다

설날, 붉은 공단으로
복주머니 지어
손녀들에게 나눠 주셨던
외할머니

수절하며 살아온 세월 동안
한약방 천장의 약봉지처럼
가슴에는 근심 주머니가
빼곡한데

고쟁이 주머니 풀어 꼬깃한
용돈 쥐어 주며
알뜰하게 잘 살아야 한다고
누누이 당부하시던

낭창낭창한 꽃대에 촘촘촘촘
오랜 기억들을 매다는 사이
종 같은 꽃을 흔드는 바람결에
할머니 음성 나직나직 들린다

손가락 수술

약지 손가락에 팥알 만한 혹이 생겨 수술을 받았다. 거즈 접어서 상처를 덮고 반창고를 붙인다. 그 위에 살색 테이핑 붕대를 감는다. 상처가 2센티미터에 불과한데 겹겹으로 덧대고 또 처맨다. 아픈 손가락뿐만 아니라 새끼손가락까지 감더니 아예 손바닥 아랫부분에 석고를 대고 엄지만 남겨 놓고 모두 싸맸다. 누가 봐도 팔목 부러진 중환자다. 살아오면서 이처럼 작은 일을 크게 만들지는 않았는지, 소홀히 생각하여 데면데면하지는 않았는지 하는 생각이 상처의 통증처럼 나를 놓아 주지 않았다.

타향살이

발

발

발

발발발

눈이 온다

무수한 눈발들 제 자리를 찾아 정착한다

발

발

발

발발발

비가 온다

무수한 빗발들 땅을 딛는다

두 발로 고향을 떠나온 나

아직 어디에도 마음 붙이지 못해

늘 허공에 떠 있다

여기저기 생의 한 모퉁이를

오늘도 여전히 서성거린다

모과나무

화단 뒷자리에
모과나무 한 그루

독이 있거나
가시가 있는 것도 아닌데
언제나 구석이 제 자리다

비교하지 마라
차별하지 마라
쉽게 말하지만

모과나무, 드러내어
가로수로 심어 본 적이 있는지
화단 앞자리에 살게 한 적 있는지

잎 틔우고 꽃 피우는 일
게을리 한 적 없으니
향기 그윽한 열매 허공에
주렁주렁 매달아야지

이참에 편견이란 편견
확, 깨도록

내 안의 감옥

퇴직을 하고 나서부터 거실 한쪽에 앉아
신문을 읽고 텔레비전을 보고
새우잠을 잔다

부부 둘만 사는 집안에서 스스로 짓는 감방
누에처럼 안으로 안으로 방을 만들어
자신의 몸을 그곳에 숨긴다

만지작거리는 전화기도 하루 종일 울리지 않고
적막을 쌓아 올린 15층 아파트 초인종
울리지 않은 지 오래다

간간이 주방에서 안방으로
안방에서 욕실로 왔다 갔다 하는 아내의
발걸음 소리가 사슬 소리인 양 철렁이고

여보, 하고 부르는 아내의 음성이
교도관의 철문 여닫는 소리처럼 들린다

이내 찾아온 고요,

그 안에 내가 스스로 갇힌다

제 자리

주말 농사 사 년 차
곁가지 잘라 주는 일을 하다가도
자신이 옳다고 티격태격
모종을 심다가 혹은
북을 주다가도
자신이 잘한다고 옥신각신한다

살펴 보니
토마토도 제 자리에 열매를 달고
서로 옆을 내주며 소리를 내지 않는다

우리 부부는 삼십 년을 넘게
살고도 제 자리를 모른다
밭일을 하다가 슬몃, 남편을 훔쳐 보다
내 자리는 어디일까 생각한다

유심惟心

-월간지를 받아 보며

한 달에 한 번
월경처럼 찾아와서
생각을 뒤집다가
가슴을 헤집다가
아랫배 싸르르
끊어질 듯 허리로 돌다가
하혈 같은 붉은 마음으로
뜨겁게 껴안으면

내가 안기는지
그가 나를 안는지
서로가 서로에게
물 없이도 푹 젖어들면
적요 속에 돋아나는 언어들의 아우성

내겐 오직 그 마음
그대뿐이다

제3부

어항 앞에서

음식점 창가 어항 안에
열대 치어가 산다

아무리 보아도 먼지들이
떠다니는 듯
오장육부라고는 있을 것 같지 않다
오랜 습성인지 바쁘게 움직인다

나는 두 팔과 다리를
멀거니 바라보았다

저 작은 것들 앞에서
힘들다는 말은 않기로 했다

봄꽃 필 때

밥이라도 배불리 먹었으면 좋겠다 싶은
오래비 얼굴에 허옇게
허옇게 버짐처럼 피는

어머니는 옥양목 앞치마로
허기를 두르고 사셨다

벚꽃, 살구꽃, 조팝꽃,
'저 꽃숭어리들이 밥이라면 얼마나 좋겠나'
보리쌀 한 버지기에 쌀 한 줌 얹어 밥을 짓는다
가마솥이 대신 눈물 질금질금거리던
유년의 봄날

아래윗니 다 빠진 할머닌
합죽한 빈 입을 연신 오물오물거리신다
무엇을 먹고 있는 것만 같아
두꺼비처럼 두 눈을 껌벅이며
다랑이논처럼 주름잡힌 할머니 입을
오래도록 쳐다보던

그때의 나

고독

어둑신한 시간에 홀로 앉아
콩꼬투리를 깐다
뇌관 같은 껍질을 건드리자 토독,
콩들 앞다퉈 튀어나온다

어쩌다가 인기척이라도 나면
사람 감지하는 촉수만 남았는지
"게 누구요?"
말보다 먼저 문이 열리고
콩처럼 둥그러진 몸으로 마중하려는
아흔을 바라보는 아버지

독실獨室에 든 시간만큼
사람이 고팠던 게다
지독한 독거다

장날 저녁

구유에 아침밥 여물이
유독 푸짐하다

아버지는 소고삐를 잡고
생후 6개월의 송아지가
그 뒤를 따른다

어둠이 마을을 껴안은 시간
모처럼 두둑해진 전대를 앞에 놓고
취기 오른 아버지는 흙벽에 기댄 채
말이 없다

허공에 퍼지는
어미 소의 긴 울음
적막을 찢는다

민달팽이 2

햇볕 아래 민달팽이
느릿느릿 기어간다

아무도 없이 혼자다
저토록 간절히 기도할 일이 무엇이기에
일보일배이다
배받이라도 대어 주고 싶다
덕석이라도 걸쳐 주고 싶다

사람 사는 일을 소설로 쓰면
열 권은 족히 될 터인데
민달팽이 절제하여
한 줄로 쓰고 있다

김치볶음밥

여보! 물 줘, 재떨이 가져와
손끝 하나 움직이지 않고
명령만 하던 나

날 선 칼날처럼 와이셔츠 다려 입고
구두 반짝반짝 윤이 나게 신고 다녔던
그 촘촘하고 빼곡하던 푸른 날들이 빠져나갔다

하던 장사 접고 몇 달째 노는데
부부가 침묵을 사이에 두고
맞선 보듯 어색한 시간이 흘러간다

물도 떠다 받쳐야 먹던 나는 슬그머니 일어나
특별 요리 만들어 주겠다고
아내의 눈치 살피며 주방으로 간다

김치를 숭숭 썰어 넣고 또 뭘 넣어야 하나
냉장고 문을 모두 열어 본다
밥도 넣었고 다음엔 참기름을 따르는데

반듯하게 살아온 날들이 허망하게 무너져 내리듯
빠른 속도로 참기름 주르르 흘러내린다

"이렇게 살다가는 살림 거덜 나겠어요."
억지 웃음 지으며 던지는 아내의 말이
가슴에 콕, 와 박히는 저녁

사과

이번 달 말일에 퇴직 한다며
무거운 마음으로 갑자기 찾아온
친구, 밥 한 번 먹자 한다

힘들고 고달픈 날이 네겐 없으리라는
단순한 생각에 젖어
밝은 너의 미소 뒤에 감춰진
고통을 헤아리지 못했다

가지 끝 아슬한 순간에도 몸피 키우며
불안에 떨던 긴 시간을
어두운 밤에도 온기를 기다리며
두려움에 가슴 조였을 친구야

미안하다

자작나무 숲

이곳은
출입 금지 구역입니다

하늘과 땅의 기운이 만나는
가장 신성한 곳
밤마다 별들이 내려와
신방 차려 사랑을 속삭이는

원대리 자작나무 숲은
천지를 잇는 순백의 다리
그 다리를 지나면 우주는 성스럽고
땅은 더욱 도타워지는 것

사람들아
자작나무 숲에 들면
자란자란 사랑을 속삭여라
누구도 알아채지 못하게
가장 은밀하게

축전

누가 보냈을까

전화도 전기도
없는 산자락에
바위와 넝쿨이
마을을 이룬 곳
산의 생일인지
노오란 복수초

자전거도 없이
눈길 걸어 왔을
우체부 아저씨
참 힘들었겠다

설거지하다

한때는
누군가의 가슴을 따뜻한 고봉밥으로
부풀게 한 밥공기와
김치 정갈하게 보듬던 보시기
고등어자반의 침상 같은 사각 접시,
계란프라이를 공손히 받쳐 들던 꽃 접시가

불안한 듯, 서로를 껴안고 있다
수세미처럼 거친 세상
입거품 물며 살아온 날들이
축축하게 젖어 있다

살다 보니
따뜻한 말 한 마디가 그리웠던 적이
어디 한두 번이랴
끈적이던 미련 온수로 씻어 내고
찬물 한번 좌르르르
한나절은 참선이다

노을

부산에 사시는 육형제의 맏시숙님
거래처 부도로 어려워진 아우, 어찌 사나
걱정되어
천 리 길을 오셨다

햇살도 쳐다보지 않는 허술한 반지하
부뚜막을 딛고 들어선 방 안에는
곰팡내가 가득하다

"제수씨, 고생되더라도 조금만, 조금만 참으세요."

어렵사리, 한 말씀 건네시고
마당귀에 나가
먼 하늘 바라보는 시숙님의
눈자위가 저절로 붉었다

빈터

한 자씩의 거리를 두고
땅콩을 심었다

발아하지 못한 두어 곳이
비어 있다

무엇을 심을까 생각하는 사이
욕심이 먼저 발아하여
잡초처럼 돋는다

빈 곳으로 개미도 지나가고
달팽이도 지나가고
구름 그림자도 슬쩍 지나간다

비워야 채워진다는
말이 떠올랐다

아버지의 봄

흙담 소리 없이 스러지듯
어깨 모서리는 처지고
지팡이에 기댄 몸이
나뭇짐보다 버겁다

한 생을 살아 내느라
덜어 내고 비워 낼 것도 없는 몸으로
간신히 골목까지 마중 나와
손짓을 하신다
"얼른 가라."

여든아홉 마알간 얼굴에
검붉은 꽃잎이
어릴 적 지게 위에 얹힌
진달래마냥 피어난다

나무

나무는 빗자루이다
허공을 수시로 쓸어 낸다
얼마나 오랜 기도로 비질하면
비질 자국도 남지 않을까

나무는 혼자 잘난 체하지 않는다
언제나 다 같이 비질을 한다
큰 나무는 큰 나무대로
작은 나무는 작은 나무대로
제 몫을 다한다

사람들은 나무를 닮고 싶어한다
제 몸을 다 내어 주지만
아무리 흔들려도
언제나 초심을 잃지 않는다

나무들의 울력으로 깨끗해진 허공
여백이 편안하다

눈

온 세상이
흰옷을 입었다

무엇을 가져가고
무엇을 남길 것인가

곰곰 생각하는 사이
세상은
그림이 되었다

더 생각할 것이 없다

제4부

상처

네팔의 어느 도시에서
지진이 일어났다

건물이 무너지고
히말라야 설산이 무너지고
드디어 하늘 한 귀퉁이가 무너졌다

하늘이 무너지는 것을 처음 보았다
내 가슴속에 있던 사랑이란 사랑이
사그리 무너져 내렸다

그후
몇 날 몇 달
오래도록 아팠다

집

농사를 짓는다고 땅을 파헤쳤다
땅은 개미, 달팽이, 지렁이와 나무
그들의 집이다
수해를 만난 인제천의 사람들같이
태풍 피해를 입은 충청도 어느 마을처럼
집을 잃은 모든 것들이 한창 복구 중일 터

땅으로만 생각한 것이
미물들에겐 꼭 있어야 할 집인 것을
가끔은 두더지가 지나다니던 구멍도 부수고
굼벵이 몸을 다치게도 했던 것이
날이 추우니 참, 미안하다

그래서 까치는 손이 닿지 않은
바람 숭숭
비가 술술 새는, 높은 곳에다
집을 짓나 보다

구멍

썰물이 나간 사이
갯벌에 크고 작은 구멍들이 있다

작은 게 한 마리
찰진 흙 온몸에 뒤집어쓰고
구멍을 파고 있다

산다는 것은 구멍을 내는 일
구멍만큼이 자기 세상이다

책잡히지 않으려고
완벽을 노력했지만
내 마음 뒤집어 보면 곳곳에 구멍 투성이다
그곳으로 바람도 들어오고
햇볕도 파고들고
친구도 왔다 가고
더러는 달도 제 짝 인듯 넌지시 맞춰 보는

어디 갔을까

가게 안에 들어서면
초코파이
버터링
콘푸로스트
우리말 어디 갔을까

널 찾으러 거리로 나섰더니
웰빙 헬스 사우나
세이브존
씨푸드 블루
네 모습은 보이지 않아

헤매다 돌아온
우리 마을 문패
그린 빌리지

밀물, 바다

하루종일 밭일하고 돌아온 몸은
너덜너덜 해져도
마음은 늘 삼보일배의 정신이시다
시부모에 다섯 시누이는 물론이고
오남매에 조카 셋까지 껴안아야
하는 삶

모난 바위섬까지도 모두 안아서
그것이 둥그러질 때까지
귓전에 들려오는 파도와 바람 소리
가지 많은 나무 바람 잘 날 없어
잠 못 이루고 뒤척이던 수많은 날

뒤란 장독대에 물 한 사발 떠 놓고
가슴에 이는 물결 잠재우시려나
자신을 가장 낮은 곳에다 두고
빌고 또 빈다

누가 보든 보지 않든

안개 자오록 낀 날에도
그날이 그날이듯 살아오신 어머니,
당신의 기도는
뭍에 닿아
나를 함초롬히 적신다

겨울산

나무들이
모두 선방에 들었다

누가 정신을 놓고
졸고 있나 보다

탁, 탁, 타닥!
간간이 죽비 소리
골짜기를 깨운다

은행나무

장날, 길가 좌판 위에
부채들이 수북이 쌓여 있다

같은 두께와 넓이로 깎은 댓살
실로 촘촘 엮어서 간격을 벌려 놓고
노르스름 한지를 곱게도 물들였다

할 줄 아는 게 부채 만드는 일뿐이라
댓살 가르느라 갈라지고 부르튼 손이
바람결에 쓰리다

시화선과 태극선, 묵죽선에 공작선까지
평생 익힌 기술, 여느 장인 꿈도 못 꾸겠다
한 가지 기술로는 입에 풀칠 어려워서
답답한 마음에 하늘만 바라본다

가려운 등 긁기 좋게 손잡이도 미끈한데
온종일 기다려도 사 가는 사람 없어
오늘도 허탕 치는 11월의

가로수

고수동굴

조물주가 사는 집이다
그 옛날 흙으로 사람을 구웠다는데
이곳은 흙도 없이 석회수 물방울로
성모마리아상, 거북이, 사자, 고드름……
발바닥부터 머리까지 한순간도 젖지 않은 날 없으나
말없는 축축한 기도가 생생하다

맹수 뿔 같은 종유석들이
여러 형상으로 빚어지고 있다
물로써 이렇게 형상을 빚어 내는
그 손을 만져 보고 싶다

태초에 사람은 흙이었을까
물이었을까
한 방울씩 떨어지는 생각들과
억겁의 쌓인 시간들을 한눈에 본다
저 형상들에 온기가 더해지면
살아 움직일 것만 같다

캄캄한 굴 속에서 시간이 몸피를 키우는 동안
누적된 생각들은 어디로 빠져나갔는지,

단군신화처럼
인내의 시간을 견디고 나면
마침내 생명의 환희를 맛볼 수 있기나 하는 걸까

어떤 낙화

동백나무 한 그루
내리 삼 년
한 송이도 피우지 않았다

서른도 못 넘긴
이상
윤동주
기형도 시인이
탁배기 한 사발 앞에 놓고
시국을 이야기하다가
청춘을 논하다가 아아!
절絶
절絶
절絶

밖엔 흰눈이 펑펑
참, 참 환장하겠다

가을 밤

흙 마당 낡은 멍석 위에
고추 무더기와 엄마가 마주 보고 앉았다
한쪽 무릎을 세우고
고추씨가 달그락거리도록 잘 마른 것,
껍질이 눅눅하여 덜 마른 것,
병들고 벌레 먹어 희끗희끗한 희나리,
세 가지로 분류하며 고추를 고른다
붉은 무더기 고추가 작은 동산 셋으로 높아져도
손이 아리다거나 맵다는 말을 하지 않았다

제비 새끼 먹이 달라고 서로 주둥이 내밀듯
여덟 남매가 아침이면 돈 달라고 손을 내미는 날들이
간난한 살림 꾸려갈 앞날이 고추보다 매웠을 것이다
가지 많은 나무에 바람 잘 날 없다지만
이태에 한 번꼴로 애경사를 치러가며
못 먹어 입이 비틀어지도록 지난한 삶에도
굴하지 않던 엄마

가끔씩,

구름 속에 들어가 눈물 닦고 나온 달이
맑은 가을빛이다

난초

사무실에 난화분 하나 있다
매일 매일 똑같은 표정이다

옛 선비의 난 그림을 보면
잎들이 휘기도 하는데
줄곧 꼿꼿하다

내가 옳다고
한 가지 생각
고집을 피운 적이 많았다

너에게 다가가기
정말 두렵다

겨울 강가

산과 강이 만나
밤새 무슨 짓을 했는지
안개가 황급히 골짜기로 숨는다
불침번을 섰던 갈대 고개 들지 못한 채
무리 지어 서 있다

바다처럼 섬을 만들지 말자고
청둥오리 몇 마리 갈대 사이를 오가며
연신 사방을 살핀다

강이 아름다운 이유는
무작정 달려와 부딪히는 파도와 달리
누군가의 가슴을 아프게 하지 않으며
밤마다 제 몸 풀어 안개 피워 올리고
온몸으로 햇살 받쳐 드는 까닭이리라

이처럼 우리 서로에게 흐를 수 있다면
사람 사이에 섬은 애저녁에 없을 터

동이 트자,

아무런 일 없었다는 듯이

강은 산 그림자를 시부저기 품는다

두툼한 외투 걸쳐 입은 갈참나무들

줄지어 선방으로 걸어가고 있다

눈 오는 밤

기침으로 쿨럭이다 깬 한밤중에
창밖에 누가 오셨다
바람 불러 앉혀 놓고
어둠 둘러 앉혀 놓고
가로등 불빛 아래 외할머니
수의를 짓는다

윤해에 수의를 지으면
건강하게 오래 산다며
험담하지 말고
한 땀 한 땀
정한 마음으로 바느질하라고
안동포 마름질하는 소리
스으락 사아락

제비꽃

이야, 히야!
요것 좀 보게

아기가 살포시 눈을 뜨듯
이 무거운 지구를
가녀린 손목으로 들어 올리다니

나를
요로코롬 놀랠킬 줄이야

바람이고 싶다

시를 읽다 보니
바람에는 뼈가 있다
시인들이 뼈를 골라
행간에다 걸쳐 놓았다

뼈 없는 바람은
그 무엇에도 걸리지 않는다

시를 쓰는 사람의
감성에만 걸리는
바람

시장에서

원종 종합 시장 안,
이태리타올, 반짇고리, 나프탈렌
온갖 잡화를 실은 수레를
돛 없는 고무배를 탄 듯 엎드려
상반신만으로 생의 바다를 건너는 사내
다락논 같은 이마에 땀꽃이 피었다

인파를 헤치며
국숫발 같은 인생 항로를
기어가는 사내는
한 마리 새가 되고 싶겠지

가까이 다가간 나는
단추 같은 나프탈렌 몇 봉지를 집어
장바구니 속에 슬며시 담는다

산벚꽃

돈 벌러 도시로 떠난
큰오빠 기다리고
시집 간 언니
친정 오길 기다리며
학교 갔다 늦게 오는
나를 기다리던
울엄마

돌아가신 지 벌써 여덟 해
산 중턱에 누우셔서
또 기다릴 사람 있는지
군데군데 환하게
꽃불 밝히셨다

당치않은 말씀으로
당황하게 하고
자식인지 남인지도
알아보지 못하는 아버지가
저승길 못 찾을까 봐, 미리

꽃등 켜 둔 모양이다

겨울비

며칠 전 내린 눈들이 외면당한 채
밤새 쓰다만 편지 구겨 버린 듯
관심 밖으로 밀려나 있습니다

굵지도 가늘지도 않게
느리지도 빠르지도 않게
같은 보폭으로 걸어와
어깨를 다독입니다

수울수울수울
술히술히술히
술비술비술비

불안하거나
흔들림도 없고
그 누구도 반가워하지 않지만

온종일
화두話頭를 찾고 있습니다

개망초

보도블럭 틈새에도
민들레는 살고
산꼭대기 바위 위에도
소나무는 뿌리를 내리는데

사는 게 힘들어서
몸이 아프다고 그리 쉽게
생을 놓아 버린, 오래비 장례길

지천에 널브러진 저것은
어쩌자고 눈치없이 많은
꽃을 피웠을까

제 자리인지 아닌지도 모르고
사방팔방 피어서
개망초란 이름 얻었는가

갈 때인지 아닌지도 모르고
홀연히 가 버린 혈육이여

날씨마저 잠포록하여
개망초조차 망연히 넋놓은 날
하얗게 하얗게
울 수 밖에 없는 망초야
개망초야!

자투리 땅

차가 달리는 도로변
어그러진 삼각형 모양 땅에
도라지꽃 한창이다

내 삶의 모퉁이에는
무얼 심을까

농부의 손등에 도드라진
푸른 정맥처럼
꽃잎에 실핏줄 퍼지도록
황무지에서 제 삶을 위해
애쓴 모습 역력하다

누가 보든 보지않든
틈틈이 책을 읽고
끄적여 둔 글이
한 권의 시집이 되었다

나의 생이 피었다

아무 일 없는 평범한 일상의 소중함

박수호(시인)

1

글은 곧 그 사람이라는 말이 있다. 한 편의 시를 읽고서도 쓴 사람의 생각과 느낌을 알게 된다. 반면, 글과 사람됨이 함께 가면 좋지만 그만 못하더라도 얼마든지 좋은 글을 쓸 수 있다고 말하는 사람들이 있다.

구정혜 시인의 경우 전자에 훨씬 가깝다. 그래서 그의 시는 그를 빼닮았다. 평이해 보이지만 삶의 지혜가 녹아 있다. 그것이 책을 통해서만 얻어진 것이 아니라 삶 속에서 자연스럽게 체득된 것이기도 하다. 그래서 어떤 이는 구 시인의 시를 읽고 있으면 오래된 경전을 읽고 있는 것 같은 느낌이 든다고 말하는 사람도 있다.

음식점 창가 어항 안에
열대 치어가 산다

아무리 보아도 먼지들이
떠다니는 듯
오장육부라고는 있을 것 같지 않다
오랜 습성인지 바쁘게 움직인다

나는 두 팔과 다리를
멀거니 바라보았다

저 작은 것들 앞에서
힘들다는 말은 않기로 했다

—「어항 앞에서」 전문

어항 앞에서 먼지 같은 작은 물고기들이 움직이는 모습을 바라보고 있다. 저 하찮은 것도 부지런하게 움직여 자기 몫의 생을 살아 내고 있는데, 튼튼한 손과 팔을 가지고도 힘들다고 투정을 하는 자신의 모습을 바라본다. 이제는 힘들다는 말을 할 수 없게 되었음을 이 시를 통하여 이야기하고 있다. 이런 생각이 읽는 독자들에게 경전을 읽는 것 같은 느낌을 들게 한 것이리라. 어항 앞에서 어린 물고기들의 몸놀림을 바라보는 장면은 수행자들이 깨달음을 위하여 선방에 앉아 화두에 몰두하는 모습을 연상하게 한다. 사실 우리가 사는 곳곳에 부처라는 말이 있다. 우리는 어디에 서건, 무엇을 보건 느끼고 깨달음을 얻을 수 있다. 그는 다른 사람들이 무심하게 스쳐 가는 것들에게 관심을 보이고, 그 관심을 통하여 삶의 지혜를 읽어내는 촉수와 눈을 가지고 있다.

온 세상이
흰옷을 입었다

무엇을 가져가고
무엇을 남길 것인가

곰곰 생각하는 사이
세상은
그림이 되었다

더 생각할 것이 없다

—「눈」 전문

눈이 온 세상을 덮어 버린 날 눈 쌓인 창밖 풍경을 바라보면서 생각에 잠겼다. 세상은 그렇게 밝지도 아름답지도 않으며 기쁜 일만 있는 것이 아니라 슬픈 일도 있다. 생각도 참 많은 세상이다. 그런 세상을 지워 버리듯 눈이 덮어 버렸다. 세상의 슬픔이나 더러

움은 보이지 않고 단순해졌다. 하얀 단순함 앞에서 생각에 잠긴다. 이 세상에 빈손으로 와서 빈손으로 갈 것이면서 아등바등하지는 않았는지 내가 이 세상을 뜬다 하더라도 무엇을 가져갈 것이 있는지 또 가져가지 않고 남겨 둔다 한들 언제까지 남아 있을는지? 여기까지 생각이 닿자 단순해져 있는 세상이 아름다운 그림이 된다. 이제 무엇을 더 생각할 것인가. 하얗게 내려서 세상을 덮어 버린 그대로를, 있는 그대로 느끼고 받아들이면 되는 것이 아닌가 달리 무슨 생각을 하겠는가! 동안거에 들어 절에서 허리를 꼿꼿하게 세우고 면벽을 하고 화두를 붙들고 있는 스님의 자세가 보이지 않는가. 구 시인의 자세가 이와 크게 다르지 않다.

「민달팽이 2」에서는 햇볕 아래 민달팽이/ 느릿느릿 기어간다//아무도 없이 혼자다/저토록 간절히 기도할 일이 무엇이기에/일보일배이다/배받이라도 대어 주고 싶다/덕석이라도 걸쳐 주고 싶다//사람 사는 일을 소설로 쓰면 /열 권은 족히 될 터인데/민달팽이 절제하여/한 줄로 쓰고 있다

그렇다, 이 세상의 삶 자체가 화두다. 그리고 그가 걷는 길은 구도자의 길인 것이다. 그는 앉아서 찾는 것이 아니라 시장 바닥의 질척거리는 길을 걸으면서 찾고 있는 것이다. 그러면서도 '절제' 의 미덕이 배여있다.

시를 쓰겠다는 생각만 하다 사십 년
이렇다 할 시 한 편 쓰지 못하고
속앓이하며 예까지 왔다

화분에서 기어 나온 민달팽이
베란다 타일 바닥을 온몸으로 긴다
바쁠 것도
급할 것도 없어 보인다

가다 말고
사유하고 있는지
행갈이를 고민하는지
멈추었다

점액의 감성으로 쓰는
지나온 자국이 희미하다
해독할 수 없는 저,
사유의 시 한 줄

—「민달팽이 1」 전문

「민달팽이 1」에서 시적 화자는 화분을 손질하다 달팽이를 본다. 오랫동안 바라보다 그는 달팽이 걸음처럼 시를 쓴다. 급할 것도 없어 보이는 달팽이처럼 글을 쓴다. 바닥을 온몸으로 기면서 쓴다. 그래서인지 그의 시는 쉬워 보이면서도 쉽지 않다. 경건하지만 작은 떨림이 있는 느낌을 전한다. 그는 민달팽이처럼 살아왔다. 그의 걸음걸이 그대로다. 급할 것도 바쁠 것도 없다. 그는 이해득실을 잘 따지지 못한다. 그의 성정대로 힘든 줄 알면서도, 남이 싫어하는 일들도 곧잘 맡는다. 그의 주위 사람들은 삐거덕거리던 모임이 그로 하여금 잘 되어 간다. 그가 지닌 수더분함과 부드러움이 그들을 다 보듬었으리라. 또 거동이 불편한 연로하신 어른을 모셨다. 그 어른은 얼마나 고마웠겠나. 또 그 주위 분들은 얼마나 안도의 한숨을 쉬었을지 짐작할 수 있다. 그는 늘 남들과 나누기를 좋아한다. 그것이 이웃을 편안하게 하였을 것이다. 그의 시에는 그의 삶이 고스란히 녹아 있다.

그의 걸음걸이에서는 행로를 바꾸어 보고 싶은 생각으로 흔들리고 있는 모습도 보인다. 그래서 주위 사람들은 그를 좋아하나 보다. 어떤 경우에도 흔들리지 않는 사람보다 사는 동안 만나는 중요한 시점에서 흔들리는 모습이 훨씬 사람 냄새를 나게 한다.

허공과 나무
격정의 사랑이다
한때라도 누군가를 저렇게

사랑해 본 적이 있었던가

정신없이 살았다
정신 드니 호시절 다 가고
혼과 얼이 빠진 얼굴이다
뒷모습이 씁쓸하다

—「태풍」 부분

2

산불여무山不如無라는 말이 있다. 산이 없는 것만 못하다. 아무리 좋은 것도 없는 것만 못하다는 뜻이다. 이 말에는 아무 일 없는 평범한 일상의 소중함을 강조하는 것이 느껴진다. 구 시인의 시에는 일상의 소중함에 대한 생각이 많이 들어 있다. 그 깊이가 단순해 보이지 않는다.

석가탄신일 무렵 예불에 참석하기 위하여 구 시인이 절에 들어섰다. 한 언론사에서 인터뷰를 요청하였다. 기자가 "어떤 기원을 하셨나요?" 하고 물었을 때, 아무 일 없기를 기원하였다고 대답하였다. 보통의 경우 가족의 건강이나 화합, 사업, 승진, 합격 등의 이야기를 하는데 흔히 들을 수 없는 말을 듣게 된 것이다. 기자는 예불의 모든 과정을 따라다녔다.

이 이야기는 구 시인의 평범한 일상의 소중함에 대

한 생각의 한 단면을 보여 주는 장면이다.

오래도록 시 곁을 떠나지 못하였습니다.
때로는 손을 놓아 버릴까도 수없이 생각하였습니다.
참 많이 에둘러 왔습니다.
꼬불꼬불한 산길과
굽이굽이 흐르는 강이 그래서 더 아름다워 보입니다.
……중략……

아무 일 없이 지나는 하루가 참 다행입니다.
평범한 이 행복은 모두 그대 덕분입니다.
이제 내 품에서 떠나보내려 합니다.
마치 아무 일 없는 듯이.

—「시인의 말」 부분

아무 일 없이 지나는 하루가 참 다행입니다. 시집을 내면서 설레임이라든가 흥분의 모습은 어디에도 없다. 이 모습은 선방에서 참선을 하고 있는 스님 같은 차분함이다. 구 시인의 사유의 깊이는 짐작하기 어렵다.

평평한 너른 자리 놔 두고
하필이면 댓잎 위에 앉는가

건물 외벽에 매달려
유리창을 닦는 사내
줄 하나에 목숨을 걸었다
쳐다만 봐도 어찔아찔하다

댓잎 끝은 아래를 향하고
빙벽 등반하는 사람처럼
오금 저리도록
쌓인 눈이 간당간당하다

아무 일 없이 지나가는
하루가 참 다행스럽다

—「간설簡雪」 전문

한 겨울 눈이 내린다. 산 위에도 들판에도 내린다. 그런데 눈이 하필이면 대나무 잎 위에 앉는다. 그 대나뭇잎은 아래로 처져 있다. 아주 작은 흔들림에도 눈은 땅바닥으로 쏟아질 것 같다. 그 모습을 보던 화자는 가슴을 졸이기 시작한다. 아는 사람 중에 고층 유리창을 닦는 것을 직업으로 하는 사람이 있다. 그를 생각할 때마다 아슬아슬함에 가슴을 졸인다. 이미 그 고층 유리창을 닦는 사람이나 댓잎 위에 앉은 눈이나 이미 자기 자신이 되어 있는 것이다. 구 시인도 앞에 일이 남의 일이 아니다. 금방 자기 일이 된다. 그의 시선이며 삶이다. 우리 삶의 하루하루가 기적이라는 생각을 한다. 밥 먹고 똥 싸고 잠자고, 내가 걸어서 시장에 가고 손이 아파 병원에 가 치료를 받는 일도, 누군가 내게 던진 거친 막말에 가슴이 아픈 일마저도 기적이다. 그래서 매사 감사해야 한다. 그는 그런 사람이며 그런 시를 쓴다. 우리 곁에 있어서 참 소중한 시인이다.

3

구정혜 시인의 시에서는 무대 중앙에서 스포트라이트를 받기보다 배경이 되어 주는 사람과 사물들을 자주 만나게 된다. 그의 시선이 그것들을 향해 있다는 말이다. 보통 사람들의 눈에는 쉽게 눈에 띄지 않는 것들이다. 그의 눈길은 따스하면서도 아릿하면서도 부드럽다.

용접을 하다가
작업복에 구멍이 동동동동

용접이란 경계를 잇거나 구멍을 때우는 일인데
그러한 본분을 잠시 잊었는지
뒤로는 무수히 구멍을 내고 있다

이렇게 공기 구멍이 있어야 땀내도 덜 나고
양말도 구멍이 있어야 무좀이 생기지 않는다고
어설픈 너스레를 늘어놓는다
새벽부터 밤늦도록
식솔들의 목구멍을 메우기 위해
치열하게 살아온 남편의 하루가
구멍 속으로 빤히 보인다

곤히 잠든 남편 곁에 앉아
작업복 구멍을 정성껏 꿰맨다

살다 보면 이런저런 일들로 헐거워진
그대와 나 사이
매듭 없이 손질하고 싶다

—「바늘질 하며」 전문

오래 입은 점퍼가 따숩지 않다며
밀쳐 두었다가
다시 주워 입는 남편 생각에
친구와 밥을 먹고
밥값을 내지 못했다

다운점퍼 가격에 놀라

슬며시 놓고 옷가게를 나오는데
남편의 정수리 휑한 곳으로 바람이
지나간다

—「목련」 부분

남편의 양말을 꿰매고 작업복에 난 구멍에서 남편의 힘겨운 하루를 읽어 내는 마음이 아릿하지만 따뜻하다. 이 시를 통하여 현대를 살아가는 평강공주를 생각하게 한다. 자신을 내어 주고서 남을 드러나게 한다. 그래서 그의 주위 사람들은 환하게 웃을 수 있고 풍성해진다. 그뿐만 아니라 그는 절제할 줄 안다.

「자동문」에서는 들어서면 자동으로 문이 닫히듯/마음도 그러했으면 싶다/제 분수를 넘으면/저절로 문이 닫혀 단호하게 경계토록/스스로 절제할 줄 아는 그러한 센서 하나/꼭 소유하고 싶다.

넘치는 사람보다 모자라는 사람이 훨씬 낫다는 말이 있다. 그만큼 절제된 삶이 요구된다는 뜻일 것이다. 모든 것을 토해 내는 넘침보다 오히려 절제를 통한 비밀스러움은 훨씬 멋있고 아름다운 것이다. 그의 시에는 그런 시인의 생각이 드러난다.

소박하게 살아온 내가

예쁜 스카프를 두르고
새 옷을 입어도
남들이 눈치채지 못한다

스스로 제 상처 떼어 내는
모과나무 껍질처럼 매끄럽지 못하고
울퉁불퉁하게 살아온 날들 속에
화려한 것들은 내 몫이 아니었다

……중략……

꽃이라 불리지 않아도
이만하면 됐다

—「모과꽃」 부분

「도배하다」에서는 아귀가 잘 맞는다고 /생각했던 벽이/조금씩 비틀어져 있다//너와 나 사이에도/서로의 생각이 맞는 듯하지만/맞춰 보면 약간씩 어긋나 있어/정확하게 재단하여 풀칠해 붙여도 /언제나 짧거나 길거나//위에서 아래로 빗자루로 쓸어내려/벽과 벽지를 단단히 붙이고/무늬와 간격을 얼추 맞추듯/어긋나기 쉬운 생각들 맞추고 싶다.

구정혜 시인의 시에서는 그가 주말 농장에서 심어 놓은 채소들을 들여다보며 그것들에 말을 거는 소리가 들리고, 호미로 땅을 뒤집다가 뭉개 버린 개미, 굼벵이의 집을 보면서 어쩔 줄 몰라 하는 모습도 보인다. 나뭇가지에 남은 잎 하나의 사연을 생각하면서 수첩을 뒤적이다 오랫동안 소식이 없던 친구의 안부를 궁금해하는 늦가을 풍경을 상상할 수 있다. 또 동네 어귀에서 아낙들 모여서 수다를 떨고 있는 소리가 들린다. 작업복 차림의 그녀가 민낯으로 시장 바구니를 들고 장을 보다 바닥을 기어가는 사람을 안쓰러운 눈으로 바라보며 한참을 서 있는 풍경도 볼 수 있다. 그리고 그의 시에서는 모과향이 나기도 하고, 목욕탕에서 목욕하고 갓 나온 사람에게서 나는 은은한 샴푸 냄새가 나기도 한다.

늦은 등단이다. 늦었지만 잘 익은 시들이 모여 알차다. 뒤에 가도 네 몫은 따로 있다는 말이 있다. 그렇다. 분명 그의 몫은 따로 있을 것이다. 앞으로 그가 어떻게 우리를 감동의 도가니로 몰아넣을지 자못 궁금하다.